世界儿童经典故事绘本

狼　来　了

［美］詹妮弗·S.布罗斯　著

［澳］迈克·克罗姆　绘

张玮嘉　译

四川科学技术出版社

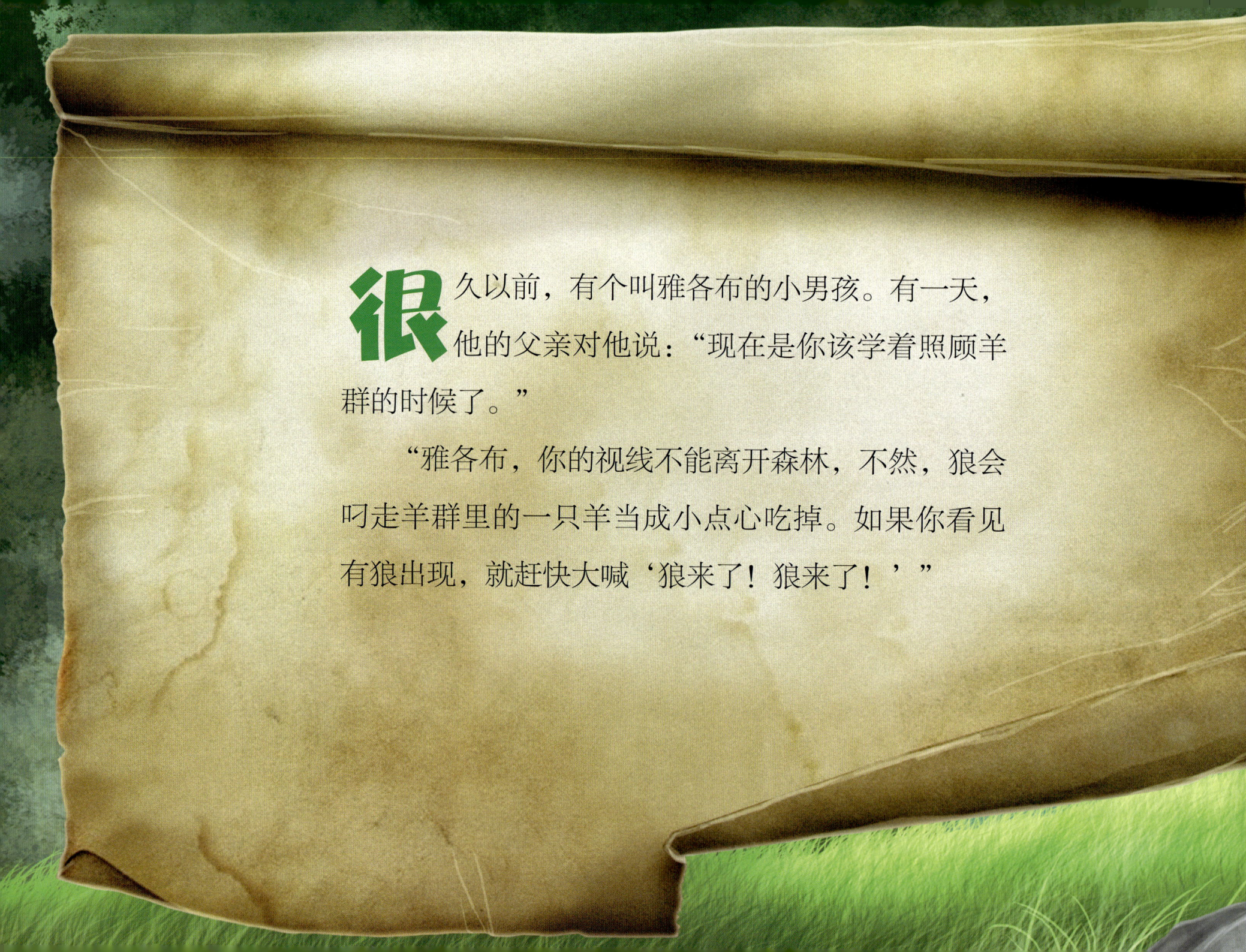

很久以前，有个叫雅各布的小男孩。有一天，他的父亲对他说："现在是你该学着照顾羊群的时候了。"

"雅各布，你的视线不能离开森林，不然，狼会叼走羊群里的一只羊当成小点心吃掉。如果你看见有狼出现，就赶快大喊'狼来了！狼来了！'"

雅各布照看羊的第一天，他感觉很紧张。当羊群在山坡上徘徊，啃食着鲜嫩的绿草时，雅各布盯着这片森林。他看着树木的影子，听着树叶沙沙作响。每一个细微的声响都会让他跳起来，但是他就是没看到有狼出现。

在放羊的很多很多天里，雅各布都没看到有狼出现，他感到无聊了。

他试着和小羊玩耍。"快来！快来！"他跑着说道，"快来抓我呀！"

"咩！"小羊看着他叫了一声。

"嗨，小羊！"他爬上旁边的一棵树说道，"快来抓我呀！"

"咩！"小羊看着他叫了一声。

"这也太无聊了。"雅各布叹着气说道。突然，他想到了什么。他兴奋地对羊群说："我知道我们可以玩什么了。"

雅各布跑到旁边大喊："狼来了！狼来了！"

"咩！"小羊依旧看着他叫了一声。

雅各布走到半山腰的时候，他的家人和村民们才听到他的呼救声。他的父亲扔下了手中的犁，他的母亲扔下了正在做菜的锅，他的妹妹扔下了手中的花篮，村民们也都跑了过来。

"快用你的棍子把羊赶到安全的地方！"他的父亲喊道。

"小心你的后边！"他的母亲喊道。

"我没看到有狼啊！"他的妹妹说。

"我猜你们把它吓走了。"雅各布开心地说。

雅各布的父亲非常生气。"除非狼真的来了，否则不能随便喊'狼来了！狼来了！'"

在接下来的一个小时里，雅各布的父亲教雅各布怎样在狼从森林里出来的时候，用棍子把羊群引到安全的地方。

雅各布很喜欢这个玩笑，他觉得非常有意思。

但没过多久，雅各布又无聊地独自一人坐在山上。

"真好玩。"雅各布对羊说，"我们再试一次。"

雅各布拼命地跑下山，一边跑一边喊："狼来了！狼来了！"

"咩！"绵羊盯着他叫。

雅各布的父亲再一次放下了手中的犁，他的母亲也扔下了手中正在做菜的锅，他的妹妹扔下了她的花篮，村民们也都赶来了。

"我没看到有狼啊！"他的妹妹说道。

"小心你的后边！"他的母亲喊道。

"快用你的棍子把羊赶到安全的地方！"他的父亲喊道。

"我猜你们又把它吓跑了。"雅各布高兴地说着。

雅各布的父亲很生气，对他说："除非狼真的来了，否则不能喊'狼来了！狼来了！'"

雅各布慢慢地走回了羊群，难过地说，他觉得这个游戏没那么好玩了。

突然，他发现了一只狼徘徊在森林边缘。

雅各布拼命地往山下跑，一边跑一边喊："狼来了！狼来了！"

他的家人们摇了摇头。

村民们也不理他。没有人相信他。

他试着把羊赶下山，但是太晚了。狼叼走了
羊群里的一只羊。

就在这时，雅各布的父亲看到了狼，所有的村民都开始追赶它。

他们救出了羊，并且把狼赶回了森林。

雅各布气喘吁吁地坐在外面，哭着问道："我喊'狼来了'的时候，为什么没人来帮我呢？"

"人们是不会相信一个骗子的，哪怕他说的是实话。"雅各布的父亲回答道。

在这天，雅各布吸取了这个宝贵的教训。后来他成了一个勇敢的牧羊人，而且学会了在放羊的时候通过其他方式来获得快乐。

关于狼的趣闻

★ 狼是群居动物，每个狼群有一个首领。它们有着超强的团队协作精神。

★ 追逐猎物时，狼群一般会分成几个小队轮流围攻，直至获胜。

　　顽皮的雅各布两次喊"狼来了"，

　　通过戏耍大家来获得乐趣，

　　但这也让人们失去了对他的信任。

　　因此，当狼真的来了时，

　　没有人愿意相信他、搭理他。

　　所以，千万不要成为爱说谎的人。

图书在版编目（CIP）数据

狼来了 / (美) 詹妮弗·S.布罗斯著；(澳) 迈克·
克罗姆绘；张玮嘉译. -- 成都：四川科学技术出版社，
2023.5
（世界儿童经典故事绘本）
书名原文: The Boy Who Cried Wolf
ISBN 978-7-5727-0882-4

Ⅰ.①狼… Ⅱ.①詹… ②迈… ③张… Ⅲ.①儿童故
事—图画故事—美国—现代 Ⅳ.①I712.85

中国国家版本馆CIP数据核字（2023）第035706号

著作权合同登记图进字 21-2022-383号

世界儿童经典故事绘本
SHIJIE ERTONG JINGDIAN GUSHI HUIBEN

狼　来　了
LANG LAI LE

著　　者　[美]詹妮弗·S.布罗斯
绘　　者　[澳]迈克·克罗姆
译　　者　张玮嘉

出 品 人　程佳月
责任编辑　张　姗
助理编辑　李　礼
责任出版　欧晓春
出版发行　四川科学技术出版社
　　　　　成都市锦江区三色路238号　邮政编码 610023
　　　　　官方微博　http://weibo.com/sckjcbs
　　　　　官方微信公众号　sckjcbs
　　　　　传真　028-86361756
成品尺寸　285 mm × 210 mm
印　　张　·2
字　　数　40千
印　　刷　河北炳烁印刷有限公司
版　　次　2023年5月第1版
印　　次　2023年5月第1次印刷
定　　价　49.80元

ISBN 978-7-5727-0882-4

邮　　购：成都市锦江区三色路238号新华之星A座25层　邮政编码：610023
电　　话：028-86361770